星屑の暗渠

星屑の暗渠＊目次

星屑の暗渠

1　そぞろ歩き

麦藁嚙んで凄すする厩の宵は濃紫。
寂しい夢にお辞儀する星のささめき夜もすがら。
はてさて鹿に蹴起こされ、脛に薊の花が咲き、
朝の雫の冷湿布。不揃いな韻踏みながら、

流れに沿って気もそぞろ——空気がしっとりと甘い。
小麦畑は波打って、うっとり顔に雲が行く。
屈託のない紋黄蝶、おいらの尻を押すのかい？
くしゃみが出そうだ……霞にふくらむ肺はむず痒く……

爆発だ！　口笛を吹き、蕗の葉っぱの傘をさし、
光の雨に濡れながら、おいらは歩く。吹け、嵐、
花粉よ飛び散れ……気ままに舞い踊る昼餉の煙、

きらめく赤い屋根――続け、いつまでも、真昼の眠り……
涙ながらに欠伸する退屈な谷間をめがけ、
山の上に立ちん坊、おいらのしとは虹を架ける。

2 牧神ではないんだが

春の女神が（どこで？）噂をしているのか、
それとも目に見えない東風に身を変え
すばやく過ぎてそっと鼻腔をくすぐるのか、
俺はくしゃみをし出す、見下ろす谷の中へ。

凄い音！　驚いて水甕を放り出し
妖精たちが見上げ回す――俺は隠れる、
萩の茂みの陰で背を丸くして……しかし
止まらない、快感に顔を赤く顰める。

彼女たちは逃げ出す（恥ずかしいのは俺だ！）
八つの環は追い掛け、背を叩き、ぐみの枝、
脚を縛り、ほどけて、山間に反響し、

森を驟雨で包み……つと覗く昼の星、
沈む空……そうやってパーンの恐怖は止む。
俺は岩に腰掛け桐の葉で洟をかむ。

3 弾ける風に

五月　浮かれる風は　明け放った窓から
黄色い血の雌花を　ふんだんに叩き込む
生臭いほろ酔いに　官能は潜り込む
だが　暖かい愛の褥は　蛻の殻

風の乳繰り合いにはにかんで　首を振り
生娘の曙は　白ナイルの鮫肌
磨り硝子の敷布に顔を押し当てて　まだ
輝く氷結から目覚めてはいない振り

脹らむ大気の揺れ動くカーテンを縫い
酒甕に群れ泊まる　日の光の蝶たち
発酵する藤棚　笑まい　夢の泡立ち
溢れ出す清流に　花蕊の声も薄い

プリズムの耕作地　虹に錆びつく農具
飛び立つもの　幽かな叫び　沈む葦切
顔に巻きつく風のスカートを　引きちぎり
少年は頬を染め　光の沼を泳ぐ

笑いこぼれる口を　ソーダ水が跳ね消す
谷を赤く縁どり　黙って歌いながら
同心円を待って　でも　てんでんばらばら
幼い顔　木の芽は波乗りを繰り返す

4
銀の嵐

大空が懐かしい笑顔を見せて映る
深く明るく澄んだ水溜まりの底から、
影が静かに揺らぎ、木々や、輝く野原、
割れた泡より白い馬が躍り出てくる。

手に負えない駿馬だ——叫び逃げる村人、
墓石を蹴散らして、菜の花を踏み荒らし、
桃の返り血を浴び、誇り高い瞳と
たてがみを燃え立たせ、いななく銀の嵐。

青空を掃くように風に揺れる梢に
眠る少年がいる。懐に緋の玉や
鳥の卵を抱けば、細かい網で八重に
無邪気な顔を甘く包む七色の蚊帳……

風に鳴る釣床に注ぐ金の綺羅星、
葉末に芽吹く夢よ……だが下界のがやがや
どっと沸き立つ騒ぎに、むっくりと身を起こし、
枝から、幹を、地へと滑り降りるや否や、

怒る首に飛びつき、不意の主に増々
荒れ狂い跳ね回る馬を御して、軽々
森を飛び越え、笑い、雲の晴れ間が垂らす
清い光の道を一散に駆け上がる。

おお、陽気な騎行よ！　急に脅えたように
よろめく鷲を追って、駆け回り、勇ましく
城壁を蹴り、高い蹄の音とともに、
笑い声を残して、天頂へ消えて行く。

一瞬の静寂。が、光りながら、見る見る
崩れ、雲の砦は緩やかに渦を巻き、
翳る青い淵から跳ね返ってくる滝、
こだまが飛沫を上げ、淡く野に散り頻る。

5

雲の如雨露

野末から駈けて来てとつとつ肩を叩く
通り雨に追われて草原を逃げ回り
朴の木蔭に寄れば、散る白い香は甘く
吹きつける雨に溶け口を濡らす滴り。

黄緑を濃緑に染めゆく雲の如雨露
――気流に乗って自然を酔わせ打楽器にし
どろどろがらがらぴいひゃらら……するとぞろぞろ
栗鼠が集まって来て、枝を揺すりぎしぎし

跳び移り、間違えて俺の手に這い登り
一匹が指先を噛む、「あ！」と言えば、きょろり
俺の顔を見る眼は臆病な縞瑪瑙。

内に栗鼠、外は雨。牛の大雨を放る
空をぼんやり仰ぐ鼻先に飴のよう
蜘蛛の巣にぶら下がり揺れ舞う葉のモビール。

6　蓮華畑に寝転んで

青空の遠浅にたっぷり頭を漬け、
清冽な奔流に目と脳を洗浄し、
大地に寝転がれば、荒い風の口づけ、
光る色を織り成し降りかかる網格子。

ここは俺を抱きとめ、甘い香りで包み、
そこはかとない思いへ誘う蓮華畑。
ここにあるのはうねる花と感覚の海、
懐かしい呟きで呼び交わす自然だけ。

対流する大気の軽い布団にひとり
贅沢にくるまれて、夢の香もかぐわしく
浅い眠りに揺られ、うつつも消え、うっとり
陽気な風と雲の明るい密語を聞く。

見上げる中空には、天とともに地上も
白く照らす牆壁、伸びて千切れる真綿、
うっかり屋の天女が脱ぎ忘れた羽衣、
群がる毬の脇で踊る小さな姿、

何のこだわりもなく、雲は無窮に遊び
自由な形を取り、無限軌道を描き、
太陽を遮れば、切れる繻子の綻び、
雲間から野に注ぎ泡立つ光の滝。

空があり、雲が行き、そのほかに何もない。
身も心も流れてここからはるか遠く
どこでもない所へ去れば、静かに長い
視線はなおも伸びて、不可視の淵に届く。

俺が投げる焦げ茶の遠い視線に合わせ、
誕生の時以来この地球を見守る
深く暗い宇宙が返す碧い眴せ、
昼の澄んだ目差し。そうだ、広大な夜、

宇宙に浮く地球は片割れのない目玉。
青空は夜昼につれ閉じ開く目蓋。
その時、涙に暮れ、また虹に濡れるまま、

厳かな雲間から洩れる天井の歌。

地球が潰れたとき、もう何も見えないか、
それとも宇宙は他にどこかに目を持つのか
構わない人類はただ自分の目でしか
この地球も宇宙も見られないのだろうか。

時に眩しくなってそっと目をつぶるたび
目の奥に降り続く豊かな光の慰撫。
揺れる大気は俺の中を巡り、再び
虚空に戻る――俺も自然のただの一部。

どこの闇に生まれて、どこの雌蕊を揺すり、
飛んで来たのか蜂が唸りながら一匹

俺の鼻をかすめて、俺の口にたっぷり
蜜を滴らす、おお、花の熟れた溜め息！

気紛れにやって来る軽い風がくるくる
無地の心を白い本のように繙き
戯れて、限りない平安が降りて来る
——どんな妨げもなく、貪る至福の時。

青空の遠浅は静かに色を深め、
そこに影を沈める心象に仄暗い
閃きを乗せて降る紫の小糠雨。
嵩を増す雲は、だが、なおも変幻自在、
色、姿、濃淡を刻々に変え続け、

羽衣は影もなく、首を傾げる時が
蓮華色に震えて、宇宙も竦む寒気、
無限も縮み上がる不安が疎ましいが、

崩れる雲とともに俺の視線も曲がり、
思いは体を去り、移る雲を追いかけ、
どこまでも流れては、翻って、ゆったり、
俺は微笑み返す、夜の蕾を目がけ。

穏やかに日が巡る。永生の血のように
熟れた雌蕊から飛び口に散る蜜の玉、
甘い香りをなめて、夢想を蓮華色に
染め抜く花の中に陶然と伸びたまま

俺は成層圏に笑い声を投げ上げ、
空の深みに胸を開花して深呼吸
——金の鳥を生む風、千切れる紅の綿毛、
無数に跳ねる時の紺の鱗粉を吸う。

7
唾風船

いつかしら微睡んで冷たさに目覚めれば
俺の顔はすっかり満月で水浸し。
おお恋人がやせた胸に置く白い脚、
唇に触れてくる柔らかい頬の毛羽。

雪花のお姫様の馬車が駈け抜けていく
草原は幻想の乳が流れる舞台。
銀の愛撫を浴びて俺は走るが、高い
自然の佇まいに静寂が美しく……

走り疲れて寒い。この孤独な高揚、
限りない呟きを宙に吐き続けよう、
深まる夜空に吹き流す風船の滝、

星々が槍先で砦を築く中で
光彩を撒き散らす熱球を潰し飽き
紺の屋根が夢の万華鏡に変わるまで。

8

夢まだ明けやらず

昨夜楽しんだのか眼の暈取りあざやか、
うっすりと微笑を浮かべて（どんな夢やら！）
薔薇色に匂う柔らかい寝台の中、
彼女はまだおねんね。窓掛の隙間から

侵入して、純潔な光線が一条
甘酸っぱく澱んでいる空気を貫く。
すると彼女はまぶしそうに、白い首筋、
優美な肩を露わに見せつつ、横を向く。

頭は重い。輝く背に葉の影が落ち、
全身になお籠もる悩ましい酔い心地、
口を弛める夢の名残にうつらうつら……

突然、窓を押し開いて風のいたずら
——敷布をまくる、乳房が笑う「んん、意地悪！」
爽やかな朝！　背伸び、欠伸、金歯が光る。

9　美の化身

さても豊満に立つ輝かしい図体——
そそる大砲二門、後脚は土を蹴る、
おお肥沃な銅鐸！　荘厳な金盥！
陽気に所を得て天鵞絨が生い茂る。

ギリシアの大理石も艶褪せる貝の肌、
信じ難い造化の神の完璧な意図
——その侮蔑の視線が煽るときめきはただ
絵筆を握る者の絶望的な嫉妬。

台座の上、すべての地の卑しさを嫌い
受肉した理想美よ、まこと〈この世ならない〉
——彼女を前に誰も我知らず跪く。

高い美の体臭で俗人の眼を濯ぐ
崇高な一瞬が永遠に凍り付く……
「あ、動かないで！」と画家——「冷えたの、失礼、直ぐ……。」

10　はしゃぐ揚羽蝶

鼻歌はおやめかい？　浴槽を出てはしゃぐ
おまえはまるで無垢に飛び回る揚羽蝶。
でも脚が長過ぎて、転ぶ椅子、揺れる家具、
どの部屋も泡だらけ――ん、まったく、どうしよう。

手を出して抱けるのはさわやかな匂いだけ、
追いかける俺を見て笑う、ちぇっ、ひどい奴！
おまえは寝室へと明かりの触手を避け、
翅を休めるように静かに窓辺に立つ。

「どう、これ？　今豊かに闇から生まれて、そう
男の夜を焼き尽くすわたしは太陽、
どんな幕もわたしの輝きを隠せない。」

「お願いだ、窓掛を、そんなふうにあてがい、
タオルにしないでくれ——それは癒えない痛み、
鋭い針の縫った或る思い出の形見……。」

11　しゃがんで

ある、リラの咲き匂う美しい初夏の朝、
俺は便所でしゃがみ、聖書を繰っていたが、
頭の冴えないこと普通でなく、睡魔が
俺を愚弄して楽しんだ——その情けなさ。

昨夜の夢は続く——付き纏われて……どこか
火事が燃え広がって……叫びが耳に届く……
逃れ、逃れ切るには何と翼が重く、
何と辛過ぎるあの飛翔であったことか。

埃っぽい床には聖書を開いたきり、
濁った意識で、ただ欠伸すること頻り。
だが、心地よい風が尻の顔を吹き撫で、

日が斜めに走ると、間抜けた敬虔さで
独り言つ「リラを死で飾る毛虫のように、
俺にも、日々に脱皮が可能であるように。」

12　幻影の墓守

未知の土地の空気を、白墨の灰ほども
吸うことはあるまいな、こいつは唾を飛ばし、
やたらに何か吃り、おお、年老いた子供！
黒板にきな臭い図式を書く、が、しかし。

「世界の秘密を知る」――それが彼の口癖。
図書館に閉じ籠もり、ただこめかみも熱く、
あちこち掘り返せば、頬から血の気も失せ、
めまい、吐き気の末に腰掛にしがみつく。

窓の外、風が荒れ、夜の声も切れ切れ。
が、幻影の墓守、彼は死臭にまみれ、
そのしかめた眉間を電燈で温める。

そして、しきりに首を振り、(涎が幾筋?)
充血した眼を上げ、「う」と、うごめく蛞蝓、
喉にからむ苦みを痰壺に吐き棄てる。

13　壁の染み

太陽の埃やら汗の臭いを発し、
人々が大挙して――飲み屋では大慌て――
社会の土手で生をすり減らして来て、さて、
銭をあぶくに変える――賑やかな憂さ晴らし。

彼ら、女将の媚に綻び顔も赤く
互いに小突き合えば――愚痴は酒精のおくび――
もたれかかって、いわくありげに顎を結び……
やれ、きわどい口調に哄笑が渦を巻く。

だが、頬杖を突き、ここにも酔客一人。
籠もる紫の靄、広がる心の澱。
店の隅に向かえば人の声は潮騒……

しわぶくビールを横になぜともなく醒めて、
頬りに壁の染みを見つめるのだが――冷えて――
思い出すべき過去も描くべき地図も無い。

14

波音に運ばれて

静けさが　はるかに櫓を漕ぐ夜半
虚空を貫く　月の光に
冷たく濡れた　記憶の窓辺に
ああ　だれ　わたしをそっと呼ぶのは

ふと忍び寄る　気配におののく
不安な魂の上に　ふわり
震えて舞い下りる　闇に光り
薔薇の花弁が　灰よりも白く

孤独な舟が　ああ　月が陰る
幻想の波紋を　繰り広げる
炎の燃え尽きた　岸を離れ

わたしは流れてゆく　虚無の海
暗黒の波間へ　うなじを垂れ
瞼には　甘美な露を含み

15

丸太のように

滑稽で狂おしい環から抜けて　初めて
人は濃い暗黒に　漂うことができる
疲労の波に　重い観念を諦めて
人は　丸太のように　自分の浮力を知る

力なく見回せば　おお　踊る水中花
思想の溺死体は　沈みながら呟き
虹の轍を潜り　軽く滑れば　はるか
人は　銀河を裂いて　進み続ける岬

夢想のブランコから　放り出されるのなら
すべて　遠心力に委ねよう　浮きながら
待ち受けるもの　それは宇宙の果ての夜明け

だが　暗礁に触れて　押し戻す波にさえ
行き惑う流木は　隕石で穴だらけ
——精神が涸渇する　目ばかり異様に冴え

16
埴輪

埴輪は見つめていた
　目よりも暗い穴で
世界を月夜の下
　破滅の満ち潮まで

栄華の形見にただ
　死ぬために生まれ来て
宇宙の悪寒にまだ
　戦慄く病児として

足早に影の岸
　現在を素通りし
未来に向けひっそり

　黙っているがいつも
口から洩れる祈り
　古代の夕焼け雲

17

地に低く

影の窓
沼の数々
悔やみなど
棄てたはず

傷のまだ
熱い今朝
生きるただ
それだけさ

はしゃぐ泡
花びらは
天の傘？

地に低く
滑り行く
否の翼

18

ただの見取図

夜な夜な
日に似ず
見事な
見取図…

地の殻、
火の糠、
今更
食えるか。

口だけ
言い訳、
自棄酒。

手もなく
逆巻く
天幕。

19

飲みかけ

地を這い
血を吐く
死の灰。
空漠…

コップの
夕焼け。
奈落の
飲みかけ。

黄揚羽！
火の中、
すべては

噂か…
波立つ
生活。

20　露凌ぎ

宿借りの鰐千鳥、寄生木の真田虫、
いつ俺はだが俺に相応しくなるだろう。
露凌ぎに他人の屋根に寄り伏し、
食いつなぐものとては他人の歯屎か腸。
また俺は地の果ての神秘の徹夜の主、
孤独の櫓に立ち闇を見張る梟。
盛んな威嚇に向け俺は吐く、ほう、ほほう！
自分自身を忘れないために、ほう、ほほう！

自らの存在を確かめるため嘎らし

破れた声でなおも、ここここそ俺の在り処！
俺は裸で日々を鳴き継ぐその日暮らし。
汗だくで励んでもこの一夏限りか。
陽の雲母の名残を悲しげに撒き散らし
枯枝が北風に揺れ騒ぐのも間近、
空念仏に過ぎぬ俺の叫び、かなかな！
俺の命もこれで鳴き終わりかな、かかな！

しめやかに降り積もる分厚い経帷子、
読む者もなく風に倒れ埋もれた位牌、
沈黙の美しさ、深い忘却の綺羅、
予感だけに終わった或る季節の到来。
氷河期を数え飽き、これが俺？　いつかしら
所構わず這えばここはただただ暗い。

天井は孑孑の涌き腐る溜まり水、
土の底目も声もなく何も見ず、みみず！

王様は御満悦――松露や海老に屈み、
涎たらり、舌打ち、上下する喉仏、
舞妓の金糸織が口拭いの塵紙、
太鼓腹を叩いて「敵国までも届け！」

21

紡錘《つむ》

絢爛の綾絹を地表に広げて直ぐ
孔雀の赤い尻で創造は眼を噤み、
その粗い手で握り殺した金の鵣、
闇の口からしきりに多彩な糸を紡ぐ。

一瞬、だが、真冬の果樹園に迷い込み、
危険にも熟れかけた虚無の一かじりから、
年老いて目の見えぬ機織女の傍ら、
ここへと持ち返った渇きが知識の富。

沈む墓の天井、それは生活の床、
牧歌に近く、生と死のどちらが過失か……
秋を島に蹴ちらす白いステップの狩。

石鹸の華を分け淡い人魚の泳ぐ
水晶体の底で泡の円陣を張り、
地軸は無為に時の絹糸を繰り急ぐ。

22

無限を放棄して

どれだけの美と愛を知り得ずにこの世から
大きな悔いとともに人は去るのだろうか
眼の前にありながら異なる時のどこか
別の地を行くもののもとどめ得ないことさら

極大に極小にすべてに通ずるため
励む者があっても世界はなお見えない
満天の盲点が宇宙を縫う紐帯
万有は流転する自他の姿を撓め

存在を否定する無時間は思惟の外
時の支配の下に個であり続けること
それが生の鎖と偶然との結び目

無限を放棄すれば重力の襞に這う
真空の片隅に夢想の香りを秘め
凍える頭蓋骨を暗黒が湧き洗う

23

石を投げれば

絶対を諦めて川原で石を拾い
投げれば雲を破りどこかの星に当たる
偶然の庭にこそ可能性が滴る
だが仮そめに手折る花は美麗で脆い

地球のどこにいても碧空を潜り抜け
冷えた宇宙の闇が心に澱《おり》て積もる
亡霊を引き連れて脳を支配する夜
時とは関わりなく脊髄に降る寒気

偏西風に乗って大気圏に脈打つ
非我の薫りが運び血に交わる憂鬱
幾世紀も前から蒼ざめた声を上げ

荒れすさぶ海に浮く自我は生の泡沫
しばし球面に住む凝視を拒んだ影
不在は恐怖を蒔き無限の淵を穿つ

24

明るい朝の悲しみ

入り乱れて篠突く何と重い軽さか
闇から削り取られ叫ぶ羽毛の吹雪
壁に躊躇う夢の残滓が無残に浮き
暗流を沸き返すこれは想念の墓

突け辛い嘴よ心臓を泥に漬け
明けない地平に向け追放の銅鑼を打て
最も暗い内に鉄の巣を張りかつて
至高と見えた影を今は否定し続け

横たわり翼から捥げた肉の涙が
滴り落ちる砂洲に埋葬したはずだが
嘲笑と煌めいて産声は日に滲み

死へ閉ざす川床を寝乱れて引き裂く手
霜枯れの褥から血の浴衣を脱ぎ捨て
静かに立ち上がる明るい朝の悲しみ。

25　町中の蟻

五十億の人間を乗せ　無限の闇に
一つ浮く惑星よ　説明を聞くときも
なぜ浮かんでいるのか　引力も　生も　死も
重さとは何なのか　わかりはしない　ついに

電車に揺られながら　吊り革にぶら下がり
読む新聞の隅に　遠過ぎて縁のない
宇宙での爆発が報じられて　小さい
写真まで載っている　俺も町中の蟻

さて　蟹座星雲て　頭上のいったいどこ
たゆまず立ち働く両脚の生える　ここ
地上での生活に　人間は忙しい

背広　ネクタイ　会社　挨拶　仕事机
日々に轍は深く　記憶力の乏しい
髪がまた薄くなる　肺にただ黴が増え

26

昼の螢

彼はやせて身軽く　気ままな風とともに
ある時は街角に　ある時は橋に立つ
きらびやかに汚れた夢と生の混雑
都会の空にはぐれ　時雨れる雲のように

文明にへつらわず　集団におもねらず
運と擦れ違っても　陰らない額と目
外に出て鷹揚に　いつも日向を求め
鼻歌を口ずさむ　だが少ない口数

骨張った胸の帆に　風をいっぱい含み
関東平野に舞う　すべてに自由な海
彼は望んでいない　単純なことをしか

私かな蜜を探し　昼に迷った螢
彼はめくばせをして「この世は仮の住み処」
誰にも何も告げず　いつの間にか消え去る

27

そういえば　いたけれど

ある時ある所にある人がいたけれど
ただそれだけのことで存在感も薄く
また取り柄もなければ声はかすれて低く
生活音を遠慮がちに洩らした程度

歴史の波浪を受け人並みの志
ささやかな野心など密かに持ってみたが
忘れっぽい世間にとって彼などたかが
使い捨てのただの駒代わりがないじゃなし

足跡を尋ねても返る答えといえば
異口同音にさあて知りませんそういえば
いたことはいたけれど啓示を受けてまさか

麒麟に化けたわけじゃあるまいし隠々と
舞う塵を追ったのか漆喰に混じったか
その後どんな噂も聞きませんなあ頓と

28

道端に転がる

男はごみに頭を突っ込んで寝ていた。
破裂した胃袋か——野菜屑や残飯、
花紙、蜜柑の皮、濡れた茶殻、空き缶……
彼のあかぎれの手をなめる夕靄の舌。

人影を灯す窓。匂ってくる味噌汁。
洩れて直ぐ軒下に凍りつく暖かみ。
もう罵声も飛ばさぬ、周囲より暗い闇、
道端の塊を犬さえよけて走る。

冷えた体に靡く垢まみれの襤褸服。
今彼は黙り込み、荒い口笛を吹く
北風の切り傷に心地悪さを託つ。

夜が舞い降りてくる、無限の蓋とともに。
やせた尻の谷から湧く星がまず一つ……
この墓はやがて成る――冴えた宝石箱に。

29

影と光の追いかけっこ

死んでから惜しまれて君は生きている今
　人の心のへりに巨大な像を結び
ようやく立ち上がれば深い意識の谷間
　いとしむように君の死に顔に伸びる指

だが暗い眼窩から翔る視線はどこへ
　顧みられなかった意志はいよいよ高く
君の軌跡は雲の赤い障壁を越え
　天空に幻の放物線を描く

地球の引力下に君も生きた結局
　運命は難船の底荷のように重く
ここと向こうの色が違うとしても仮に

　懐旧は夢に似て綾を織りなす徒労
淡い影と光の追いかけっこのうちに
　不在が回し映す存在の走馬燈

30
何も言ってくれなかったが

はるかな大陸からやって来た占い師
藪睨みの女はなぜか気遣わしげに
眉根に皺を寄せて差し出した俺の手に
何を読み取ったのか直ぐに目はどんよりし

声も切れ不可解の淵に沈んだきっと
凶鳥の飛ぶのでも見たのか返事を急《せ》く
俺に黙り続けて髪を揺すったあげく
彼女はついに言った何も言いたくないと

あれから月日が経ちすべて忘れていたが
今思う彼女こそ正しかったとたかが
塵か目脂のせいで意味などもとより無い

運を欠く人生が戯れではないとき
一点の青空は暗黒よりも暗い
取り返しのつかない時が更に遠のき

31

無為を波打つ波

やむをえず諦めた　一つ一つのことが
　いつの間にか　沖から波のように押し寄せ
立ち尽くす足元を　生ぬるく洗おうが
　水平線は　常に　遥かに遠い　どうせ

沈んだ壜のかけら　失われた伝言
　未知の岸から　届かなかった漂着物
熱っぽい耳鳴りに　被さる不協和音
　回想の数だけの　波が無為を波打つ

夜の街を掻き分け　人込みを行く時も
　引いては満ちる海を胸に湛えて　もしも
満月を運んでも　迫る忘却の河

　視線を下げ　女が　真の思いはどこに
化粧直しを終えて　コンパクトの内側
　鏡の中に　そっと　顔をしまうとともに

32

歩道橋

未来が約束ではないように
　過去は誓いではなかった
手摺りに凭れてぼんやりここに
　交錯する帯の彼方
尾を引き明かりが押し寄せてくる
　だが誰に語りかけよう
わたしは黒々と突っ立つ鶴
　闇が温かい外套
これは薄汚れた空に撓み

どこへも行き着かない橋
ごらん赤いライトの地引き網
見えない釣り糸を垂らし
車の流れから何を釣ろう
餌も獲物もなくいつまで
自問を繰り返し夜の怒号
絶えざるわななきの中で

干涸びる夢か血は既に涸れ
胸に突き立ち錆びる斧
去るものは去れ悲しみよ黙れ
わたしもまた去り行くもの
架空の走行路を背に下り
陰に遊べば耳を射る

笑い声歩道に洩れる明かり
　街角で戸惑いを知る

決心それは予見を欠く賭け
　語りえない思いのそば
空を切り背後の闇をめがけ
　ただ擦り抜けて行く言葉
足だけが別のどこかに届く
　踏み出せることは仕合わせ
街からも橋からもなお遠く
　行く道は自分で照らせ

33

逃げてなお

いつまでたっても俺は因業。
紺碧の酒に泥水を代え、
金の果実を腐らした。おまえ、
大地よ、春をどこに葬ろう。

すでに厳格な面差しのなか
北風に枝々が鳴り響く。
ガイアを裏切ったのは、まさしく
愚かなこの俺ではなかったか?

傲慢よ！　群がる蜘蛛を払い、
容赦ない流れにさらわれたい
――ああ、自らの毒を吐き出して！

綿のように人骨が咲く丘
――逃げてはなお迷うとき、どうして
闇のまぶしさを受けとめようか。

34

光が顔を

光が顔をなぐる頃
白く優雅な弧を描く
大きい船を呼ぶ心。
舳先が滑る　空高く、

青い大気を告げる笛
――雪解けのかすかな兆し。
慌ただしげに飛び交わし
海猫が鳴く　波の上。

柏よ　子等に　あたたかく
広やかな手を垂れたまえ。
高慢ちきな菫さえ
なぜか項突く　声もなく。

にわかに風が樹を揺する
岸に佇む人は誰。
おれが行っても　春は来る
明るく花が咲き乱れ。

35

舵のない船

逆らえば届く瀬もなく
歴史から消えるのが常
海面に麦酒の琥珀
青春は舵のない船

打ち寄せる大波小波
また凪に弄ばれて
傾けば覗く暗闇
空を切るこの手はあえて

昨日たやすく見えたこと
ひたすらに求めたものも
今では辛い視野の外
砕ければ世界もろとも

壜の破片は谷に消え
廃液の漂う中を
王冠のきらめく沖へ
滑り行く幻滅の顔

水平よ　幸福は枷
文明よ　不安な自由
卓上に想念は痩せ
帆は天を静かに掬う

しかし　愛に打たれながら
さあ燃え上がれ　おお痛苦
それでもためらうとしたら
美は既に擦り抜けてゆく

鷗は遠く何を追う
いやがる耳を抱きかかえ
やかましくうそぶく希望
実りのない情熱さえ

船酔いの余韻が続き
思い出も旗も切れぎれ
意味のない言葉の飛沫

肉体は振れるぼろきれ
緋の螺旋　解け落ちる索《なわ》
蒼穹を抜けてはるばる
緑なす風に翼は
叩かれてまた舞い上がる

立ちはだかるガラテイアは
からかうような白い胸
それもまた溶け去る水泡
青春は舵のない船

36

夢幻の庭

いたずらな偶然の娘に過ぎない、だが、
　いいやそれだからこそ失うのが惜しくて
冒しがたい奥処におまえを据えたのだが、
　ついに届かなかった、あだに宙を泳ぐ手。

この世ならない風が吹いていたのではない。
　未知の天の光が洩れたのでもなかった。
しかしそれはすべてを秘める湖の愛、
　波紋の尽きぬ無二の夢想でもあった、また。

僕らを分け隔てる時の流れの彼方、
　形見さえ消えたのか、遠く、今ではどこに？
僕はおまえを理解していなかった、
　おまえが僕を理解できなかった以上に。

地上に生まれ合わせ輝き出して以来
　おまえが完結なら、僕は満ち倦む丸。
僕たちが住んでいる世界は一つでない
　――生きている人間の数だけ世界はある。

冬の空に舞い立つ緑の星明かりが
　尽きる地平にまでも思いを投げたのだが、
鈍く重い疼きに他ならなかった自我、
　胸も息も塞がる恐れを発した他我。

その後も僕は長い喪失を生きてきた。
　そして思うのだった、滴る色の花と
希望は枯れるために開き、花粉に満ちた
　期待は裏切られるために膨らむのだと。

世代が入れ替わって、稀な詩藻を涸らし、
　美が翳り、絶対が相対へと転じる。
野末を雲が急ぎ、一つの時代の端、
　暮れ泥んで世界は再生を待っている。

おまえも悟るだろう、その後巡った時は
　必ずしもおまえの味方ではなかったと。
ここは風に震えて、雑草も萎える庭、

　訪れるものもない独りの夢幻の跡。

生きものを青ざめた闇が包み込むとき、
　その暗黒の意志は寒く癒え難く飢え、
影となって蹌踉めき、負の重みに戦き、
　幽明の谷を行く、それぞれの方角へ。

静かに僕が築き上げたものが一切
　寡黙の淵に沈み、ざわめくのは嵐か、
地上を照らしていた雲は艶を失い、
　空の色も変わってしまった、いつの間にか。

思い出させてほしい、しかし、古い痛みよ、
　実を結ばない愛の母は不可能だから、

不特定の多数に落ちて迷い、いよいよ
　讃えるべき姿を見出せないとしたら、
勝ち誇っては朽ちるあの肉体ではなく、
　既に遅過ぎるのか？　過誤もまた美しい、
おまえこそ唯一の、至純の鏡に湧く
　形象だった頃を思い出させてほしい。

37　雪の下

美しさにいきなり目を奪われた時に
　視野が突然開け
薔薇の曙光を浴びて都会の夜の縁に
　見えたのはおまえだけ

うつろだった世界が中心を得今では
　整然と巡り出す
時も豊かに満ちて星を宿す流れは
　仄かな希望の明日

この邂逅のために生きて来たこの日まで
　何も知らないままで
冬空を割る微笑野辺に咲く雪の下

　憧れに狂おしく
締めつけられる胸に岩間の清水に似た
　声が静かに響く

38
至純の刻

いるだけでただそこにいるだけで豊饒な
　刻《とき》を無言で語り
振り返りながらふと君が告げる星の名
　突然の稲光

鳥は翼を焼かれ揺らぐ草叢に落ち
　至上の生の真昼
信じられないものを見たという酔い心地
　夜露の甘美を知る

底知れぬ目差しを彼方に向けいよいよ
　薫り立つ存在よ
花影に頬を寄せしばらく目を閉じよう
　夢路を過ぎ行く人……
僕は呟く未知の断崖を前にもう
　今を耐えられないと

39

夢の重荷

あの時にあの場所で何もかもが終わった
　一瞬の闇ののち
長い時が築いた鍾乳洞がたった
　一言で崩れ落ち

燦めく泡のように潰れた夢の重荷
　暗い視界に耐えて
立ち竦み黙ることそれが空虚とともに
　僕に残ったすべて

振り返れば激しい願望の真っ暗な
　渦を巻く雪の華
希望の待つ出口に通じなかった期待

　太陽の唸る昼
夥しい血を吐き焦点さえ失い
　心象が砕け散る

40

こだま

花影の去る町は元の迷路に戻り
　淡い残り香もまた
光とともに薄れ暗い道は前より
　さらに寂しくなった

行きどころのもうない言葉も空の蓑も
　風に運ばれるまま
空が色を失い耳にあるのはなおも
　傷むかすかなこだま

そして季節知らずの人の声に折しも
　街が賑わうときも
力尽きた飛翔の遠い記憶のなかに
　亡骸が揺れていた
晩秋の露に濡れ墓石よりはるかに
　重い黙殺の下

41

思い出　独り言

待ち焦がれた季節は底知れず暗かった
　雲を裂き燦めいた微笑は謎に過ぎず
ついに点らなかった美の冷ややかな姿
　不可解から得たのは海溝のような傷

完璧な結晶を時は分泌したが
　それは脆い一個の夢の中にであって
剝げ落ちる偶像を目に見えない風化が
　波浪をなして洗う長い徒労の果て

樹を揺する獰猛な風に僕は聞き入り
　ひび割れる心から散る塵を一握り
暮れ残る思い出の迷路にこぼすそっと

　重く続く沈黙とぎれとぎれの会話
今となってはあれも遠い日の独り言
　もう戻ることはない元のようには

42

記憶の袋小路

芙蓉の陰に続く記憶の袋小路
長い迷路の奥に一つの扉がある
やせた亡霊たちが密かに代わるがわる
訪れるしかし戸は開かない固く閉じ

生まれては暮れ落ちる時空を経てようやく
孵化する夢の芯に今辿り着いたのに
手が萎え震え流れ息を飲む喉元に
懇切の声が嗄れ口が無限に渇く

唇をどの空にいとしく預けようか
答えのない疑問に答えてほしいどうか
存在がひたすらに美しくあるために

宇宙の秩序が揺れ火の風もかぐわしく
死の影を撒き散らす真昼の星の前に
生が空洞化して肉が異様に響く

43

明るい坂を

夕日がまぶしいから
ゆっくり明るい坂を下って行こう
遠くを見つめながら
光る小さな窓を見下ろして　やがて
あかね雲のただよう
海岸に出よう　晴れ上がった地の果
怒りを忘れた波
海を越えて　なおも遠くを見つめよう

秋深い石だたみ

通り過ぎた町へ　帰るまい　今さら
　静かな坂には　もう
影が長く　夕日がまぶしすぎるから

　遠くを見つめながら
黙って　明るい坂を下って行こう
　夕日がまぶしいから

44

梢を見上げれば

都会よ、青い日々は日々に青く難破し
泡まみれに人魚の声は舗道に乾く
——記憶は散乱して、遠く浮かぶ吊り橋、
光を醸造する天景も暖かく……

再び帰って来た。照り映える森の蔭、
また川の瀬に、逸る思いの巡るところ
悲しみは新しく、騒ぐ梢を見上げ
立ち尽くせば未だに、おお、少年の心！

ついに意志の虚空に達しはしないものの
己の根で己の高さを支えるもの
――他の土地を知らぬその不運が羨ましい。

視界を掻き分けよう……熊笹が頬を切り、
感傷に酔って手を突き出せば、ひとしきり
失意に注ぐ百合の花粉が重苦しい。

45
夏の住み処

白くまぶしい雲も地を這う影は黒い。
天の急使を追って、虹の尾の塵捨て場、
埃っぽい景色の垣根を飛び越えれば、
輝きを頂いて思念の裾は広い。

ここは処女地——たちまち文字の消え去る浅瀬……
たわむれる星屑で金色に濡れる足……
汚れて臭う脛を、口角泡を飛ばし
ぴちゃぴちゃ銀の舌で狂おしくなめまわせ、

走る水よ、おまえは、背中から俺を抱く
エロースの汗ばんだ乳房より柔らかく、
俺の膝のウェヌスの、んん、尻より冷たい！

むせるような愛撫に思わず悩む間、
燃える夏の住み処は宝石の薄笑い、
ニンフ達の体臭、さざめきでいっぱいだ。

46

星野光

喪に服した大地に花は深く息づく。
星も露もすべてが控えめに喋る野に
満ち渡る安らぎよ！　俺は心も寒く
倒れ伏したまま、もう目覚めたくはないのに……

神秘な声を集め魂を脅かす
開かれて底のない夜空は円い鏡
――その中へさかさまに俺は墜落し出す、
追う言葉を振り切り、螺鈿の糸に絡み。

明滅する枯れ葉の嵐に打たれ、ひとり
流れ去る映像の暗い回路を辿り
声を投げれば闇が答える……そして、どこへ？

回りながら鏡の中心に溶け込もう
——窓を抜け壁を蹴り、凍てつく運河を越え
俺は広がる宇宙それ自身だと思う。

47　馬車に揺られて

薄薔薇に映える夕暮
　囁きはつぶらに時雨れ
梢には野鳩が眠る　仄明かり
遠く棚引き　荒れ果てた庭を去り
　純銀の石を軋らせ
　馬車は行く　今こそ鳴らせ
金色に蹄を軽く　浅緑
波打つ野辺を　やさしく胸は踊り
　西風に額洗わせ
思わくは足取りまかせ

翼にもたれ　雲のいざようほとり
さりげなく　声もなく　揺られてひとり
　慎ましい微笑をたたえ
　消えかかる橋の彼方へ

48
遥かな部屋

闇の周辺に沿い徘徊する猫から
薫る古代の夢が立ち籠めるこの部屋に
わたしは閉じ込められ死の臭いの這う谷
迷宮に迷い込む二十日鼠さながら

緋の絨毯の上に女はすべてを脱ぐ
存在の体臭と冷えた仮面を除き
猫の敵愾心は一対の金の燠
軋み出す寝台に跳び上がってくる直ぐ

その顔に貼りついた顔が剥がれるなかで
指は愛撫を探る生命の泉まで
猫の舌なめずりに汗ばむ青い額

静寂を掃く睫彼女のうねる体軀
わたしは息を潜め影のなかに見えない
その眼差しが語る密かな呻きを聞く

49

憧れに渇いては

「青空に殺される」とだけ呟き続け
愛撫の間ついに目を見開いたままで
唇を噛み切った恋人よ抜けてゆけ
この腕の谷間から憧れの尽きるまで

頭蓋骨を巡って死の時を告げる星
控えめな証人の瞬きを忘れるな
静かな毒のようにおまえの血を飲み干し
満天に磔《はりつ》いて渇き病む僕は砂

おまえの瞳孔から漏れる狂気の曙光
七色のささめきに悔いなく身を浸そう
ただひたすら孤独な夢の成就を思い

怖がるな恋人よ悲しくも澄んだ目に
滅び朽ちる僕らの肉体が虚偽を問い
熱い闇を求める向日葵であるために

50　星辰の耕作者

彼女の目が繰り出す真白い数珠をたぐり
僕は燃え立つ野から秋の林に入る
渡る羽撃きに連れ裸の梢に散る
声は驟雨となって口に転がる酸塊《すぐり》

雲間から虹を切り流れる涙の粒
古代の影の尽きぬ溜息を溜める甕
重く澱む記憶を揺り目覚めさせるため
指は泳ぎ彼方の窓と契りを結ぶ

深海の底を這い夢に絡まる投網
押し寄せて立ち騒ぐ光の泡を拒み
底冷えする夜空に暗く聳える砦

だが真の高みには安らう時の牧舎
密かな息吹を浴び藍の畝を二人で
飛べば僕らを招く星辰の耕作者

51

鳥たちは還る

花冠に黒い星を頂いた苧環よ
おまえはもう岩場に揺れて立つことはない
氷雨の色とともに旅路に点る悲哀
苦難の時が巡り来るとすればいよいよ

傷ついたオリオンは暗い地平から消え
取り返しのつかない一瞬が凍りつき
涙が風に散ればおお遠い血の吹雪
すべての鳥は還る波間の静かな死へ

鉄格子に囚われ星座の滴る夏
そこにこそ存在の影が成熟を待つ
宇宙に独り時の反転を紡ぐ島

ふと洩らした微笑が悔やみの沼に熱く
照らし出した印を垣間見ただから今
声を鎖しわたしは流刑地に趣く

52

寂滅の島

睡蓮の夢を裂き泡の呻きを捨てて
朽葉の泥にもがき白木の舟が進む
岸には息を潜め厚い茂みが噤む
重い雲黒い鳥暮れるものみなすべて

滑る舟の縁から孤独な影が屈み
影を掬おうとする空しく広がる皺
その揺らぎの渦中に溶け込む空と海は
沈黙する巨大な叫びを返す鏡

木霊の達し得ない果てへ急ぎ遠のく
星々の密やかな呼びかけからも遠く
限りなく縮こまり闇を吐き出すむくろ

白い棺を迎える存在と無の境
寂滅を焚き守る暗黒の焼却炉
この島の安逸を乱す何も無い

53

祝祭の雲

遠い空を見上げて人よ窓辺に暗く
なぜにおまえの顔は憂鬱に閉じるのか
ごらん神殿を巻き祈りの声も仄か
薔薇色に泡立って祝祭の雲が沸く

風の企む花が刺繍のように飾る
廃墟は時の寝床奏者のいらない琴
この視線をどんなに高く投げ上げようと
届かない天つかれわたしは丘を下る

通りすがりの女沈む幻の街
奇跡不思議を常に旅する心は待ち
垣間見た美を悔やむあゝ一瞬の光

飛び立たない不死鳥胸に降り積もる灰
追放の凍てついた暗い闇夜に一人
真に夢みるものはただが不可能しかない

54

なぜ　迎えに

「わたしの願ったのはただ一つのことだけ。
まどろんだ肉体に蛾を花と撒き散らし
暗い愛の息吹を吹きこんだのはわたし
――あなたの枕元で明けがた小箱を開け。

毒があなたのかざす剣をさらに鋭く、
蜜にふくらむ口を濡れてなお渇かした
――迎えに来たのはなぜ？　葬られた日の下
新しい王権は仮の戒めを解く。

待って……もはや光に耐えないわたしのため、
荒れる鏡の前へ導くのを諦め
深い河を待たずに今振り向いてほしい、

視線を受け、一瞬、古い夢に親しい
姿に石化しつつ、手に残された希望、
最後の矢をあなたの胸に射返しましょう。」

55

真昼の井戸

真昼の井戸は暗く悲しみに満ちている。
縄の断たれた釣瓶、降る鐘の音の谺、
暮れて伽藍が揺らぎ炎上に沈むまま、
階段に跳ね返り悲嘆の声が落ちる。

遠い治世の空に三日月に錆びた砂洲……
苦しく澱む口の吐き出した過去の霧、
瑠璃の闇を一瞬冷えた炎がよぎり
打ち沈むクロノスの横顔を照らし出す。

底に黙る鏡を不意に小石が砕く
——ゆらめき、さざめき、今広がる青い砂漠。
巡礼は立ち去った、北の門の彼方へ。

海から来たリベカよ、厳かに歩み寄り、
伏す神の首を巻く緋の襟の絶え間より
溢れ落ちる慈愛の甕を傾けたまえ。

56

泡と藻の絡みあう狭間

一声熱く叫び、帰るうねりの彼方
おだやかな満ち潮の午前を誓いながら
にわかに掻き曇った尖塔の高みから
鷲は舞い落ち、はるか未知の地平に去った。

波よ、洗え、わたしの欲望を、岩でなく。
――耳が鳴る――徒らにただ憧れに悩み
砂を噛む足元に重く押し寄せる闇、
城よ！　不在が意志を灰色に打ち砕く

この空をわたしは支えることができない。
……沈もう、アンドロメダーの心より暗い
あの軽蔑の淵へ、真冬の夜を奏で

泡と藻のひそやかに絡み語らう狭間、
忘れられ、永遠にその口を閉じたまま
真珠を抱いて死んだ貝になり果てるまで。

57　遠い思い

宝石箱の中で闇を焚きかぐわしく
一人輝く石か、おまえは死に満ち満ち
来る日もまた来る日も、無為に、日がな一日、
空と海へと明いた窓に永遠を聞く。

だが考えたことが、おまえは、あるだろうか、
どこをめざすともなく、定めのない形に
流れゆく薔薇色の雲を見上げるたびに
なぜそれほど苦しい胸騒ぎがするのか。

わたしは〈遠い思い〉――遥かな時空を超え
おまえの命の根を揺さぶり続ける声、
不吉な風に乗って熱く激しく戦ぎ、

岩を抜け、肉に沁み、古い記憶の秘宝、
おまえの暗い夢に金色に降り注ぎ、
許されない言葉を繰り返し囁こう。

58

遠雷

降れ、しめやかな雨よ、降れ、地上に、再び。
芙蓉が花冠を振り淡く夢の漂う
円天井の投げる青い眼差しを浴び、
憂鬱の庭に王は帰り来るであろう。

軽やかな衣擦れは、しかし、迷宮に消え、
漣を押し戻す不動の柱の陰、
沈黙から生まれた火の車は台地へ
輝かしい雲間にざわめく枝をかかげ……

そして、ああ遠雷が！　牝鹿が落ち葉を踏む
榛の森を越え、夜への長い廊下、
また薄暮の広間を悲しげに押し包む。

イーリスは西風の誘惑を振りほどき
たぐいのない微笑を取り戻すのだろうか
――モイライが深淵に紡錘を投げ棄てる時。

59

朽ちることのない美を

漂泊の歳月は過ぎた既に遠くに
海鳥の舞い上がる空は明るく高い
そして女神の膝が柔らかく暖かい
溢れる泉のその深さは唯一無二

海鳥の舞い上がる空は明るく高い
永遠に聞き入れば夢が結ぶ一つに
溢れる泉のその深さは唯一無二
朽ちることのない美を讃え続けていたい

永遠に聞き入れば夢が結ぶ一つに
波間に舟を捨ててこの島に来て以来
朽ちることのない美を讃え続けていたい
人間界に戻ることなど考えずに

波間に舟を捨ててこの島に来て以来
妖精の秘めやかな声響く洞窟に
人間界に戻ることなど考えずに
愛と安逸をいつまでも生きて飽きない

60

頭を　ダナエよ　揺するな

もし寝台の上で白い犬が吼えたら、
夜を吸い込む窓を、ダナエよ、閉めるがいい。
しかし頭を振るな、燻る森さながら、
暗闇の奥深く耳は嘘に等しい
口癖の悲しみを忘れないだろうから。

おお頭を、ダナエよ、振るな、部屋を横切り
物憂いおまえの眼にランプが赤い限り。

冷えきった肉体はめくる手のない暦、

敷石に棹さして床を漕ぐ双の脚、
乗り上げる舟に似て暗礁に倒れこみ
潮騒を堰き止める枕に茎を伸ばし
おまえの顔は遠く雷を待つ蕾。

だがダナエよ、頭を振るな——経つ時を呟き
苦悶に喘ぐランプ、それは薔薇のときめき。

微かに唸る壁よ……灰色に湧く眩暈……
静かに崩れ落ちる天井は水の山、
波を飲みほす白い砂漠を闇が洗い、
呟きは呟きを薄く呟いたまま
この部屋の沈静もまだ始まっていない。

だから頭を振るな、いつにない優しさで
白い透明な手が背後から伸びるまで。

呼びかけの絶えて死ぬ隈に背いてもなお
絡まる白い指は髪を梳く骨の櫛、
空の散る水盤か泳ぐ葉に曇る顔、
語れ、冷めた期待に燈心を出し尽くし、
どんなに濃い不実に時が黄昏れたかを。

揺れる……頭が揺れる……愛撫する手を拒み
不毛の純粋さに黒く燃え盛る髪……

転がって火を揉めば剝げる影の薄絹、
振り返る表面はざっくりと欠けた月、

波打つ乳房を這う蛞蝓の嘗め尽きぬ
光る牙でほてった肩に甘く咬みつき、
総毛立ったおまえを組み伏せる白い犬。

壁で鏡が告げる――ゆらり燃え落ちた後
暗く笑うランプはイシスの死に顔だと。

ざわめきに洗われる天頂へと羽撃く
白帆の上で濡れて熱い体を起こし
柱に凭れ掛かるおまえに、今、しばらく、
渦巻く夜の底で、乾き血走った星、
巨大な深海魚が重い眼を屢叩く。

61

頭と足

頭は絶対的な中心を常に目指し
足は気ままを欲して地の周縁に趣く
妥協の余地がないので別れたが妙な話
走る足にとってさて自由などとはつくづく
取り留めもないし変に肩から上が軽くて
そよぐ風にうそ寒い無くなったものはまして
無闇矢鱈に恋しく過日の確執を捨て
至る所駆け巡る足は頭を捜して

頭は一体どこへ行ってしまったのだろう

気紛れにとって足手まといだった僭王は
気楽には違いないが向かう地平は茫洋
統率者の欠落に尖兵たちはそわそわ
落ち着きなくばらばらに勝手にふらつく中で
多種の土の感触を知る足裏は決して
元の重さを忘れず未開の沼の奥まで
至る所駆け巡る足は頭を捜して

頭の中には何を忘れて来たのだろうか
太古の曙光の兆す未知の郷愁のほかに
季節風に尋ねてもおよそ音沙汰どころか
気配も拾えられずに闇も濃い記憶の谷
悲嘆の崖を辿れば時が無駄に鐘を打つ
永遠の擦れ違いかだが後悔をどうして

諦められるだろうか徒労感に悩みつつ
至る所駆け巡る足は頭を捜して

王侯よおまえ達が墳墓に降る黒い霜
黴を着て過去の生と悠久の空に映る
石壁のひんやりした安逸に耽る時も
首を求める肢体は世界中を駆け巡る

62

手

雑な網で世界を掬おうとしてみても
零れるものばかりが多く無闇に重い
やがては崩壊する運命にあり誰も
覚えない言葉では汲み尽くせない思い
ごく稀な発声は空虚に響く木霊
あるいは力弱く折れた矢に切れた弦
弓の唸りも遠い地に達し得ないまま
体が死んだ後も手は文字を書き綴る
生命は個の中に暗い原理を記し

脅威の中で倦まず鎖を繫げてゆく
水の鈍い呟き風の単調な節
すべてが巡る空に雲を彩り薄く
心象は滲み消え末もなく地を走り
忘却の木に絡む無数の無意味の蔓
それを断とうと斧の刃が光らない限り
体が死んだ後も手は文字を書き綴る

地の片隅に起こる偶然の風に乗り
密かに飛ぶ言葉はどこに届くのだろう
熟れる実を啄んで天に去る白い鳥
一粒の霧に書を万巻開かせよう
息吹はしかし冷えて宙に散り闇越しに
一面を埋め尽くす雪を蹴り遊ぶ鶴

その乱れた汚れを白く戻す頁に
体が死んだ後も手は文字を書き綴る

君主よ夢が水とともに砂地に渇き
一雫消え残る涙の底に淡く
永遠がよぎる間も瞑い意志の種蒔き
手は風に崩れ去る砂に聖典を書く

63

泉のほとり

空もまばたく艶やかさ選りどりどりどの花も
優しく撫でる風に揺れ激しい時を待っている
霧の岬に迷い込み淋しい沼に舞う野鴨
羽も花粉もそれぞれの秘めた思いに濡れ満ちる
多数の中に打ち消され密かに手繰る夢一縷
個々で澄んでも集まれば干渉し合い濁る音
あらゆる美味に取り巻かれ何を食べても直ぐ嘔吐
秩序は曇り傾いて波に溺れる水の精《オンディーヌ》
すべて可能ということはすべて不可能ということ
《泉の縁にありながら喉の渇きで俺は死ぬ》

蝿に交じって大群の活字が宙を乱れ飛び
大音声を上げる時すべての耳を塞ぐなら
言葉はどこに消えてゆく種を異にする血の交尾
官能を這い香水に卵を産んだ蝿の腹
陰翳深い欲望の花と零れる街路から
蔵書無尽の図書館に入ったとたん目が眩み
本を開けば渦を巻き意味をなさない白い闇
俺には何が読めるのかふと眠り込み垂れ尽きぬ
洟に汚れた皺苦茶の頁は哀れな鼻紙
《泉の縁にありながら喉の渇きで俺は死ぬ》

運には運の運があり不運は別の運を持つ
不運を芯にどこまでも崖から落ちる雪達磨

焼けつく砂に転がって湯気を上げればまた一つ
裂け目を開ける時の罠天国からの痩せた馬
陽炎は消えよろめいて安堵をしても瞬く間
石に躓き月を見て砕ける顎に散る昴
力尽きれば生存の箍《たが》も弾けて跳ねる樽
舌なめずりを響かせて脇をうろつき回る犬
おまえは実は狼か鋭い牙が濡れ光る
《泉の縁にありながら喉の渇きで俺は死ぬ》

色蒼ざめた皇帝よ君は地上の言わば壁蝨《だに》
壁の穴より蒙昧な瞳に沈む影は何
どんな富にも満ち足りず夢を織りなす金の絹
砂漠の中の王国で陰気な酒を酌む閑に
《泉の縁に倒れ伏し喉が渇いて俺は死ぬ》

64

圧死しないために

昼は都会の核で廃屋に横たわり
煙突の奥底に消えた星の再来
絶えた声を窺う蒼い闇の向日葵
夜は鱗粉を帯び夜盗蛾となって舞い
明かりを追い求める巨人が暗い額
一つ目で見るものはそこにここにあそこに
地獄絵を抜け出して群れ叫ぶ街の鬼
彼がただ恐怖から舗道に蔓延《はびこ》る地衣
疎外する人間を次々と食うように
圧死しないためには天を飲み干せばいい

喋り負けないために無意味とか駄洒落でも
大声を張り上げて遠慮抜きでとにかく
言わなければならない内容など無くても
何であれ主張して他の人にとやかく
言う機会を与えず屁理屈にも芽出度く
立派な服を着せろ世間が見てるからね
さもなければ調査と長い思索を重ね
人知の築き上げた聖廟より大きい
辞書を勤勉に食むちっぽけな紙魚を真似
圧死しないためには天を飲み干せばいい

永遠に退屈し死を願う神々は
人類の殺戮を眺めては打ち興じ

身を砕き挫けつつなお運び上げる岩
労苦を蹴落とすから口を瞑り目を閉じ
力も尽きた者が己の袋小路
存在の黄昏に不意の手を避けるため
ようやく逃げ込んでもまたも悪夢に目覚め
賽の河原に出れば生きるとは恐ろしい
降って鳴り吹き荒れる雲風雷雨
圧死しないためには天を飲み干せばいい

星団の統治者よ狂気の重い支配
無理難題の屋根を独り支えるくらい
強い力を駆使しおまえはこの寒々
黙る闇を泳ぐが精神の可能態
不可能を内包し比較をすべて拒む

超絶者でなければ宇宙は飲み込めない

65

大言壮語

突然の僥倖は何のためかいったい
普段憂鬱に酔い醒めないのにある時
不意に別種の酔いが訪れいつも瞑い
目が異様に見え出す視線が裏に届き
物の輪廓が晴れ満腔の自己放棄
感覚の窓を経て飛び立つ火も冷え冷え
生命の毛孔から細胞の隅々へ
色が燃え広がってすべての姿形
世界の仕組みが透け未知へ行く道が見え
錯綜する宇宙の謎が解けるたちまち

耳殻を塞いでいた雑音も今は絶え
真空から生じる叫びが蒼く響く
人類の芥溜めの上の静かな答え
色の諧和を連ね比類なく美しく
沈黙の荘厳を歌い競う建築
屋根に梁に柱に寄せ返す波の山
最も高い声は振れる原子のこだま
血の動悸を伝え時速数万海里
恒星間を走る光も尾も消えぬまま
宇宙の涯の風にひそやかに入り混じり

痺れつつ酔いながら限りなく脳は冴え
知能が躍動して明朗を欠く定理

なじみのない思想がわかるのは当たりまえ
初めての文字が読め想像の深い縁
また知性から溢れ知恵の限界を蹴り
未知の言語を喋りかつてない日の雄姿
全能の輝きに亀裂から洩れる節
鈍い不協和音が絡まるとしてもふと
幻覚にとらわれる全宇宙を把握し
永遠の言葉をも語ることができると

王よ後宮にあり至上の愉楽を持ち
極彩色の天を高く天翔て後
床に映る姿を見るがいいもう一度
負の価値に揺れ落ちる千年の夢心地
中心の無い自我は底も無い暗い井戸

66

脳から食み出る

どうしてすべてを理解し知ることができるだろうか
新しく地平が移り事物の核心が揺らぎ
水盤を浚ってみても真珠の煌めきどころか
手に残るものはしばしば錆びて潰れた古い鍵
宝の箱を探しては極大にまた極小に
大旅行者たちがかつて渡った海も昼に照る
星にたちまちに干上がる砂漠の朝露のように
どんなに考えてみても宇宙は頭脳から漏れる
理性では照らし出せない闇の巣む胡桃は虚ろ

そこに泡立ち渦を巻く星雲の端また端
欠けた自分の顎を噛み無い目でものを見る髑髏
哲学よ数式よあの沈思はどの空に気化し
血も沸くこの歓喜はどの元素に混じるのかいくら
尋ねてみても塵はただ無言で風に運ばれる
人は解くことができない自己の存在の謎すら
どんなに考えてみても宇宙は頭脳から漏れる

僕らは類比と暗喩で僕らの世界を故なく
築きはしないそれ故に時に硬直した人語
人知と無縁の裂け目に清い知恵の泉が湧く
銀河の裳裾に転がり腐り出す虫喰い林檎
その上で威張ってみても自ら病んで一頻り
咳きこめば木霊もしない虚空とともに黄昏れる

自分の精神の中で誰もが生きている限り
どんなに考えてみても宇宙は頭脳から漏れる

王子よやはりおまえの憂鬱の園はここなのか
彼の顔の翳りをまね灰色になる雨蛙
だがその眼は彼の夢の無限に応えるだろうか
どんなに思考してみても脳から宇宙は食み出る

67 目に耳に口

詩人は無限の時空のただの一点に過ぎない
一とき浮かぶこの塵は静かに秘めた恋の無垢
美神のために燃え尽きた炭から剝ける軽い灰
永遠にのみ対峙して思いは遥か運薄く
取りとめのない夢を見て蟹をまねして泡を吹く
雑多な色を腹に溜め青く細る嘴から
血の呟きが秋風に散れば転がる蟬の殻
時にあらがい破れても言葉の無力やはるばる
果ての知れない闇を行く声の弱さを知りながら
口は過重な沈黙に潰されまいとして語る

深まる空に消え残る過ぎた日のつくつく法師
森を抜ければ今もなお紫草の香を浮かべ
彷徨う風に揺れ軋む崩れた木戸をそっと押し
何かの声に誘われて廃墟の冷えた石の壁
また廻廊に耳を置くだが幻聴を呼ぶ調べ
すでに消滅した星の鼓動ばかりが滴って
天の歩みに眩暈する密かな意志よ野辺に立て
息を凝らせば数千の星団を染め譜を飾る
音符を潜り数万の銀河に泳ぐ旅の果て
耳はしじまの鐘を撞く遠い虚空に聞き浸る

深淵でなく存在にいったい何が見えるのか
夜半の燈下に熱くなる額の中で沸騰し

思考し倦む頭脳にもとんと無頓着な造化
視線が翳む努めても宇宙の厚い霞越し
理が混沌と渦を巻き瞬時に成って滅ぶ星
個は多を外れ数珠が切れ輪廻も断たれ今ここに
限りある生と知りつつ心もとない火とともに
明けない夜に迷い込み独り地球は舞う螢
だが屈しない人間の営為が無駄でないように
有を生み出し無に帰す無の大きさを目は見張る

王妃は永い目差しを常にこの世の外に投げ
心をけして開かずに絶対の座に所在なげ
讃美も聞かず問いかけに答えもせずに押し黙る
赤い花から咲きこぼれ久遠に白む胸の陰
暗い祠に蹲る見猿聞か猿に言わ猿

68

数限りない疑問符

ことのほか穏やかに雲の行き交う真昼
ありとあらゆるものになんの理由も意味も
見出せなくて君は青空の輝きも
数限りなく注ぐ疑問符として浴びる

どこへ行けばいいのかどこへ行っていったい
何をしたらいいのか気ままな風を妬み
そよぐ葉に尋ねても問いかけに立ち眩み
見上げる梢からも答えは落ちてこない

だから彗星のあとを追えばよかったのに
数千年の旅の深い夜の向こうに
別の朝があるだがそこからここに続く

暗黒の潮騒のとぎれる窓辺にふと
昨日の忘れもののように目覚めて気づく
いまなお地球上に君は迷っていると

69 無言への郷愁

いつまでもどこまでもこのまま続けばいい
　こんな小春日和が
誰しもが訳もなくこれよりも美しい
　日を望みはしないが

忘れてしまっていた言葉のようにまるで
　空気が揺れ輝き
遠い予感に触れてざわめく胸の奥で
　溶ける白い呟き

虚空をよぎりながら地上を青く染めて
散らばる影はすべて
何でもありはしないこの思いがはるばる

彼方へと帰るたび
満ち足りた無言への郷愁が深くなる
魂は歌を浴び

70　思い出のように　夢のように

初めての歌なのにたまらなく懐かしく
　命を根源から揺さぶりその曲想
心を縫う旋律魂をかがる詩句
　すべてが終わりのない音の迷路へ誘う

蝸牛管はいずれも世界の共鳴箱
　空虚が声に満ちてこだますればみるみる
近づき離れてまた溶け合う未来と過去
　とどめられない今はついに儚く過ぎる

永遠に届かないものを追うかのように
　流れるこの曲こそその透明な底に
湧き起こる大海の深い慕わしさゆえ

　甘い涙を招く悲しみに似た至福
沖に去る波よりも人をはるか遠くへ
　思い出のように夢のように運んでゆく

71　この窓辺に

空のかけらをくわえ、光る露を翼に、
虹の尾を引き、鳥はこの窓辺に降り立つ。
暗い幕を貫き日々に孵る復活、
胸騒ぎと希望の薔薇が薫る、微かに。

ああ、今日も生きている！　割れる卵の響き、
湯気を立てる朝食、目差しの暖かみ！
窓掛けは七色の風と光を孕み、
僕らの部屋に満ちる笑い声のおはじき。

鳥は窓を離れて、祝福に昇る雲、
立つ風に舞い上がり、自由であれば、いつも
地に糧は得られると、大らかに宙を行く。

そして一声叫び、仰ぐ僕らの屋根に
未知の地の未知の実を落とし恵み、雄々しく
蒼天へ翔り去る、あしたまた来るために。

72

別の空のかけら

明日はまた来るだろう、違う空の切れ端、
軽やかな羽撃きと薔薇の香りとともに、
井戸のように明るく開かれたこの窓に、
汲み尽くしえない火の熱い慈雨をもたらし。

可能を秘めた花粉、重なる夢の果肉、
熟す乳房の鏡、こぼれ散る時の蜜、
強く確かな行為、かぐわしい日の秘密、
――お聞き、地上の富が高らかに鳴り響く。

だがおまえは沸き立つ血を享受するものの、
永遠のかたわらを無縁に過ぎ去る者。
限られた声だけが忘却を脱けるから、

僕は頭上に翳す、静かにこの炎を。
しかし、別の芯へと燃え移らないのなら、
――いつか途切れる夢よ――明日はもう無いだろう。

73　思惟の燃え滓

今日もなぜ変わらない朝が明けるのかまた
　寝不足の目の底を日は白く焼くそして
昨夜も月は裏を見せることはなかった
　謎は冥く囁く秘密を秘密として

満ちるもの欠けるもの狂気を寄せるほんの
　皮膚の厚さに霞む意識の吃水以下
さらに深く漂う者には彼自身の
　世界も見えていない二億分の一しか

天頂に上り詰める意志を日が追うひまに
　全宇宙は溺れる涙一つの中に
だがたちまちに遠い波間に悔いを拾い

　空しく燃え上がった熱い思惟の燃え滓
海雪に埋もれゆく沈没船は重い
　底荷の暗黒から空の青を締め出す

74

狂躁の末

地球に耳を当ててすべての星がやがて
鼓動を止め燃え尽き死ぬのを思い描く。
一つ全き夜よ、しかしはるかに早く
俺は消え去るだろう、一つの闇となって。

人類――性を中心にした同心円。
もしもいるとしたなら、だがありえない話、
神または神々は、退屈な憂さ晴らし、
この小さい波紋を覗いてみて御機嫌？

歴史の狂躁曲――その突撃喇叭や
太鼓など沈黙に吸い込まれるガヤガヤ、
宇宙の廻廊の奥に遠く達しない。

さて、幽霊の泳ぐ（過度の血圧低下）
物質の水族館をふらりと窺い、
裏口から時折ノックするのは誰か。

75

尾骶骨

尾骶骨の痛みをこらえながら思った
　人の記憶とともに思想も去るしかない
歯ぎしりする椅子に縛られて年取った
　者にとって知り得たすべてこそ全世界

考えるまでもなく生とは生成ただ
　痔に軟膏を塗って地上を歩き出して
どこまで行けるだろう一万年後にまだ
　人類の文明はあるだろうか果たして

懐疑が酸性雨となって身に沁みるだが
　雨後の手の平大の水溜まりに鯨が
鰯雲の背後に秋の夕暮れ覗き

　その岸辺で無限を伝えに来てあらゆる
方角に走り去る波頭を追うとき
　原始への郷愁が尾となって生えてくる

76
砂　一粒

天上山脈から舞い降りた黄揚羽は
いま彼の耳元に雪の匂いを運び
花の色の寒さに首を染めて一飛び
舞えば閉じた瞼に降りしきる金の泡

目はどんな永遠を見るのか玉と結ぶ
群青の想念を宿す涙はすでに
辛く乾いたけれど振れもしない睫に
タクラマカンの砂が転げ落ちて一粒

止まるそして裸の胸を焼く炎天下
揺籃に運ばれてもう何百時間か
彼はただじっとしてあくびも漏らさないが

底を揺すり飽きたか舟縁越しにどっと
我先に手を伸ばす太平洋の波が
頬を平手打ちする冷たくさあ起きろと

77　遠のく世界

死へと赴く彼の閉じた瞼の裏に
退く世界はなおくっきり貼りつくのか
発光する記憶や錆びついた夢だとか
生血の匂いもまだ剝がれ落ちないままに

いつか訪れた空　旅の乗物の揺れ
彼岸と此岸に湧くこだまに悩むものの
自らは選べない生を受け継ぐ者の
呼びかけも　もう耳の奥にはるかに薄れ

あらゆる可能性に限りなく遠のく手
過去の無名に沈む個を去り　言葉を捨て
有の無限の母胎　本来の無に戻る

宇宙の中心まで冒す　魂の壊死
どこまでも存在を穿つブラックホール
重過ぎた永遠を　今　永遠に返し

78

息吹も失われて

あの息吹　あの声は　おおどこへ行ったのか
音をすべて吸い込む厚い灰色の闇
のしかかる天蓋が　虚弱な意味を拒み
生を空洞化する　これは耳鳴りの丘

今日生まれる言葉が　明日は老い枯れるのか
失われる響きよ　変わらぬままに　しかし
幻影の淵を抜け　負の峰を輝かし
還り来るものならば　この一瞬にどうか

耳を裂く風が地を吹きすさべば　折しも
熱も鼓動も冷めて　歌い控えた口も
華美の形も　今は　路傍の無縁仏

念仏は宙に散り　名前を夜に委棄し
ここに祈りは尽きて　命の呪縛も解け
やがては何も告げぬ　ただの野晒しの石

79

貘

漠とした地平へと逃げ惑う灰の群れ
暗雲の主は去り　晴れ間こそ覗いたが
原野の天女は　泣き煙った暈に隠れ
不可能に臥せるのか　萎えたままに長々

花園に遊び舞うような歳月の果て
敷布を裂いて　遠い空を悔やみ　しばらく
亡骸の残り火を　空しく　まだ掻き立て
異形の兆す闇に　険しい眼を見開く

拒絶の重い波よ　あらゆる襞を洗え
一点の沼が満ち　影を無限に湛え
悪夢が忍び込めば　不実に冷える寝床

摩天楼を積み上げ重圧を増す稀薄
その傷から這い出るものは　窒息の底
不毛に肥《ふと》るためただ空白を喰う貘

80

虫食い林檎

手が文字が文明が熱く耕す以前
この片隅はどんな浄土だったのだろう
根はやせ幹も腐りここに残るのはもう
倒壊へと傾き痛みに呻く自然

人間は不遜にも自分の意識こそが
言葉の無い世界の意識だと思うのか
あの無垢のまどろみを暗に恥じるどころか
懐かしむ物質がどんなに苛立とうが

氷河の洞窟から疑念として一躍
日の下に飛び出した人知のはまる死角
未来を追走する意志の狂った怒号

何もかもなめ尽くす貪欲な赤い舌
——闇夜に結実して青く光る林檎を
人類の誕生が虫食いだらけにした

81

思考の視野が暮れて

思考の視野も暮れて　すべてが色あせ出し
哲学が混迷の戸口にためらう時
忘れられていた書と埃を　手が繙き
黙殺の呪縛から走る　瑠璃の目差し

意識は対象を超えるだろう　しかし　何時
どこまで達するのか　尽きぬ回廊の奥
堅牢な必然も　秩序も　刻一刻
崩れて闇に沈む　宇宙の意味と秘密

冒険と　先験に　揺らぐのが人間か
精神が炉心まで溶け出せば　炎天下
青空を切り取って　未来を孕む帆布

そこでは　世界像も風を受け翻る
錯誤に新天地を求めて　コロンブスの
航海した地球が　卵のように割れる

82

終わりのない旅

ベーリング海峡を　祖先は渡りながら
北極に　彗星の流れを見ただろうか
彼らは歩いた　その寒空の末　どこか
遠く新天地があると信じていたから

驚天動地を行く者たちは　足裏に
地球が丸いことを　感じていた恐らく
そして飛び立つ鳥の　行方を追えば　暗く
蜃気楼が佇む　荒い波の間に間に

地の涯は　どこまでも続き　前進のみが
目的となり　夜は　身内に沸き立つ飢餓
仰ぐ顔に　多彩な影を注ぐ星たち

オーロラを突き進む　この終わりのない旅
長大な夢の途次　孤独に地峡に立ち
彼らは震えていた　光の神秘を浴び

83

自分の心までの距離

地の果てに立ち尽くし　過去と世界を背負い
飛沫を浴びる時も　夕日が重く入り
たぎる水平線を　見つめ続ける限り
自分の心までの距離が一番遠い

大航海者たちが越えた　海の広さは
どこに辿り着くための行程だったのか
地球を巡り疲れ　自分へと急降下
追憶を昇るのは　一粒の白い泡

夜空の天の河を飲み干すこともできず
言葉を吐こうとする　口は魂の傷
路傍の水溜まりに　詩人の顔が暗く

浮かぶ　夏至の午後には　重なる影の底に
瞬時に　絶対への深い祈りを抱く
もう一つ他の色の泡が生まれるように

84　巨人も世界も

この世界には俺の居る場所がもう無い　と
巨人は思った　山頂の霧を吸いつつ
見上げれば　頭上には　どの星も一つずつ
宿す空虚ばかりが　彼を見つめる　じっと

彼は遠い旅程を思い起こす　ながなが
五大陸を闊歩し　七つの海を渡り
人間界を陰で密かに操ったり
すべてに君臨したまさにつもりだったが

岩をも砕く彼の声が　たった一息
降り来る宇宙風に　かき消されるのを聞き
呆然と立ち尽くす　そしてなすすべも無く

一粒の砂の上　日の出とともに渇く
一雫の夜露に触れて彼は　みるみる
自分もまた世界も吸い取られるのを見る

85

壺

天のすべての星の涙を飲むためなら
　何億光年でもこの壺は待つだろう
細い喉を奇妙な渇きに鳴らしながら
　開ける口は宇宙の闇と深さを競う

およそ口と名のつく口はいかなる口も
　全てを飲み込みたいと願うそれがたとえ
御し難い宇宙でもその穴には少しも
　満たされない飢えが原生の飢えを咆え

いったい何が外をだが窺うのだろう
　立ち籠める靄に目は無くとも今ではもう
意志があるかのように狭まる壁の内に

　限度まで凝集し充満する空漠
形の無い最も暗いものが必死に
　壺から出ようとして空しく喘ぎ踠く

86

薄靄の放浪者

失われているのは世界かそれとも俺
おお唯一のものよ互いを映す鏡
天使の素足が踏む瞼から散り零れ
緋の朝露となって肉体を産む痛み

精神は薄靄に濡れそぼつ放浪者
覗けば沼の底に沈みゆく青い蓮
生存を突き上げる巨大な恐怖の吐瀉
さもなければ冷たい狂気が石に根差す

一筋の想念に掃き浄められる昼
耳はある声を目はある影を待っている
永遠が一瞬に一部が全部になり

時が渦を戻せば悪夢に生は長く
虚無の重さに歪む星を抱き込む梁
俺の中で宇宙が鼠のように跪く

87

小石に腰を下ろして

宇宙のはずれに浮く小石に　腰を下ろし
見回せば　夜の底　今ここにただしばし
揺れ点る生命を　仄暗く照らし出し
虚無の記憶のように瞬く　無数の星

極微の細胞でも核において　銀河が
無限へと流れ出てゆくから　せめて一度
誕生に還るため　全天を映す井戸
眼の奥に　永遠を見つめていたいのだが

いったいどこに俺の意識は達するのか
彼方を目差す波も　やがて戻るよりほか
なく砕ければ　鈍くときめく夢想の宿

口角泡を飛ばし　もの言わない小石に
悩みながら残した　存在の微熱など
冷厳な暗黒が吹き冷ます　たちまちに

88

暗黒の漣

人類が地球ごと死滅するのをどこに
どんな目と意識とが見つめているのだろう
ちょうど今僕たちが闇に点る陽炎
すでに無い星の火を見守っているように

芸術は人類を超えて生きるだろうか
言葉が絶えすべてが秩序を失う時
永遠は生ぬるい死の息吹に戦き
数瞬を誇るのは昼に燻る罌粟の香

髑髏の眼窩に湧き一すじ散る涙は
やがてその川床に砂金を流す水泡
どよめく宇宙にしみ入る忘却の大河

つかの間の過去のうち存在の熱なしに
何が疼くのだろう暗黒の漣が
原子をも無限をも等しく洗うたびに

89 虚無の風船

たかが惑星一つ食い潰したところで、
はたして俺の飢えが、おお、癒やされるものか！
熱く軋む砂、この痛い渇きは、どこか
遠い空の光を吸いたがる、今、ここで。

陣痛に呻きつつ死を歌う星の下、
渇望が大きければ大きいほどいよいよ
生成と消滅のはてしない戦いよ、
若いにもかかわらず世界はすでに老いた。

人類が無意味にも？命を喚く間、
神々の軍勢が、厚くなる夜の襞、
また廊下で貪る夢は広大無辺……

勝ち誇って退く縁を追ってはるばる
無限に伸びふくらむ俺は虚無の風船、
俺の空《くう》で宇宙の闇をねじ伏せてやる。

90　消滅の王

黙って叫ぶ王よ、この地上で最も
低く大きい声を消滅の厳かな
玉座から投げかける底のない暗い穴、
おまえの口は真に瓦解と恐怖の友。

おまえの吐く嵐に真空が鳴り響く
――裂ける鼓膜、大気の逆流、吹き飛ぶ岩、
ぶつかり合う惑星、揺らぐ秩序、世界は
呻き一瞬にして崩れ落ちるモザイク。

おまえが咆えやむとき、空間は重く病み、
無限の中心では物質を侵す闇、
粘つき臭い虚無が井戸水のように湧く。

誰のどんな視線も貫けないこの夜、
うつろな叫びだけが驕れる主人も無く
だだっぴろい宇宙の伽藍に響き残る。

91　遠のく星を見やって

僕らは偶然の子そして滅びゆくもの
誕生とともに死を腫瘍のように孕み
矛盾を真理として声もなく語る闇
遠い空を掠める永遠を映すこの

夜の鏡の底にぽつりと溜まった昼
杯を傾ければただ夢だけが永い
悲しみ完全には照らされない絶対
この体この意志がこの瞬間を生きる

別世界それはこの世にしか無いのだから
宇宙を滝となって落ちる銀河さながら
自己認識のなかを巡る血が燃えるとき

失墜の神々が手放す時の車輪
生の痛みに目覚め今無限に遠のき
渦巻く星を見やる自我は虚《から》の中心

92　かつて原野の梢で

おお俺の魂よかつて原野のさなか
おまえはあの自然が無垢にほとばしる夏
虚空を突く梢で夢と虹とを放つ
真ん丸い朝露の微笑ではなかったか

固く殻の内部を縛る鎖のように
逃れる手立てもなく跪く命を襲い
疼く意志を葬る眠りは暗く重い
ああでは忘れられた愛の住み処はどこに

天をめざす密かな声は雷を呼び
一瞬に燃え落ちる細やかな雪の帯
夜の廻廊に散るただひとひらの氷

黙す広間を洗いさざめく闇の真昼
限りなく暮れてゆく宇宙の果てで一人
俺は永遠に飢え無数の星を齧る

93　天に滝なして

この果てに煌めいて一つ懸かる涙は
映り澄む転落に婉然として屈み
最後の叫びを飲むおお死に冠する泡
白い影が溺れて溢れ零れる鏡

流離いの船人よ魔の風に帆を広げ
夢幻に養われた悠久の檻を脱け
青い枕を分けて仮の座へ櫂を漕げ
欺きの暗黒を孤独な柱で突け

時のない海淵に枝を伸ばすコーラス
一つ空の筏が乗り上げる天の砂洲
嘴も羽撃きも皺を寄せない廃墟

水盤の割れてのち共食う薹を生む
炉に滝なして歌う星屑の排水渠
頷いて天頂に金の柄杓の汲む無

94

何億年経ったら戻り来て

何億年経ったら戻って来て地上に
亡霊のようにまた僕らは立つのだろう
これ以上なく暗いこの星の上にもう
僕らのいる場所など残されていないのに

人間のにぎやかな存在も声も無く
　地表を覆うものはひたすら陰る真昼
あらゆる太陽から見放されて冷たく
　重く鋭いものが刺すように降りしきる

絡み合う遺伝子の螺旋すら切り裂かれ
　太古の空に消えた虹よりも色薄く
跡形なく散らばる銀河系の黄昏
　地球は逆に回り風が東から吹く

地軸はなお傾く乱れ飛ぶ黒い雲
　気流が渦巻いて両極から流れ出し
サハラ山地の谷を氷河が下りいつも
　太平洋台地は一面の砂嵐

アマゾン砂漠上でちびた砂が一筋
　古ぼけた砂時計の喉をひんやり通る
ヒマラヤ海淵には毎日二十六時
　深海魚の化石の目に降る夢が濁る

星の配置も変わるすべて飲み込むまでに
　深い闇に一瞬青かった地球とか
人類のことなどを無限の時の果てに
　なお広がる宇宙は覚えているだろうか

忘れ去られた言語解読不能の文字
　闇夜に滲むように燃え尽き消えた燈火
幽霊船に乗ってさまよう宇宙の孤児
　すべての記憶はただ失われてゆくのか

言葉に見棄てられて人はどのようにして
　自分をまた宇宙をその小さい頭で
理解するのだろうかだが人類について

宇宙は黙っている最初から最後まで

沈黙を最終の意志として貫いて
　全宇宙に染み込む生の絶対零度
限りなく遠ざかる星の陰に決して
　輪廻とか蘇生など信じていないけれど

無の無の無のまた無に人の営為はおろか
　すべてが帰するときも知りたいのだがせめて
風は宇宙のどこに生まれどこに死ぬのか
　意味のない囁きを星間に掃き溜めて

闇ばかり吹き荒れるこの星の上にもう
僕らのいる場所など残されていないのに

何億年経ったら戻って来て地上に
亡霊のようにまた僕らは立つのだろう

95　どんな声が

望遠鏡の先に宇宙は妙に狭く
原子は顕微鏡の底に巨大に見える
知恵が何を知るのか知識を種み重ねる
人間の頭脳には懐疑が無限に湧く

神々と共生し分かち合った世界が
記憶の片隅へと今では暗く沈み
急に急ぎ始める不明の意志の泉
おお時間に寿命があるとは思えないが

星々の興亡を見続けて夢寒く
長い流浪の果てに人はようやく気づく
到達点はまさに出発点だったと

そのとき実存から溢れる溜め息とか
この沈黙を抜けて余韻まできらきらと
どんな声が銀河を水切りしてゆくのか

96　廃墟の夜風に

束の間を極楽鳥の翼が輝き
　地上に火の神話をまき散らした、今なお
密やかに眠る廃墟よ、聞け、この呟き、
　吹き来る夜風にとぎれがちな愛の歌を。

すでに悲劇は終わり、影も移った、そして
　沈黙の舞台には響かない、羽音しか。
だが閉じていた口が再び語り出して、
　いずれ蘇るだろう、死者も、いつの日にか。

新たな日の息吹を浴びて宇宙は震え、
　冷えた灰が燃えれば、青い瞳の奥へ
涸れた古い井戸から舞い上がる赤い花。

　天使の素足を待ち金の塵がはるばる
秘の河を渡るとき、闇は澄み、穏やかな
　虚空に無関心の美しさが広がる。

97 霜降る石の上で

行きあぐむ旅人の疲れた顔を半ば
照らし出すのは胡桃、銀杏、それとも楓？
ためらいが戸口から引きとどめるのならば、
お休み、顔を閉ざし、霜降る石の上で。

お眠り、頬を汚す星々の貪欲な
銀に沸き立つ水に鈍い頭をうずめ
——いたずらに、旅人よ、再生ではない夢、
乾き、涸れた言葉を、しかし、石に語るな、

何者もおまえには聖地を問いはしまい。
しわがれ朽葉色の夜に焼かれた額、
そこに宿ったものが朝日に消えないなら、

立ち去れ——振り返らず、奇妙な影に追われ、
無為な歩みに傷む足を引き摺りながら、
杖を捨て、ひたすらにただここから立ち去れ。

98

冬の女王

いつの間に、おお、やって来たのか、冬の女王！
梢をおののかせるおまえの深い吐息、
それが広野に点す暮れゆく過去の曙光、
最後にして初めて光る陰の聖域。

おまえの暗い虚無が白い花弁を散らし、
悲しく仄匂えば、夏の形見を率い
地上に落ちこぼれる遠く澄んだ眼差し、
冷ややかな頬擦りが限りなくいとおしい。

真昼の星を求め、暮れない空に焦がれ、
野はひととき燃えたが、今風も蒼く冷え、
底のない絶望の縁をかがる憬れ、
放心は立ち上がる、果てしのない高みへ。

負の蕾が静かに絶えることなく開き、
震え、散り、舞い、流れ、重く濡れてか細く
追憶を囁けば、低い声の竜巻、
移ろう影の襞に苛酷なものが覗く。

垂れ籠める厚い雲、寂しく唸る荒野、
そこかしこ、萎えてまた踊る気流を乱し、
闇夜のさらに奥で重なり合う木霊の
わななきに耐えきれず叫ぶ白樺林。

失われた機会は永遠に失われ、
雲の切れ目までもが暗い意識に目覚め、
記憶が乱れるのは、傾ぐ生の黄昏、
北の尾根で激しく風が巻いているため。

唯一の欠落が全宇宙に広がり、
ものみなは待っていた、稀薄に耐えて、およそ
思いつかない数の像を結ぶ滴り、
ああ、女王よ、密かなおまえの微笑をこそ。

消えた日の彩りを宿す泡沫にだけ
真実は呟いた……その後沈黙を強い、
忘れられたはずだが、重い波をかき分け

淵にいざよう声は限りなく懐かしい。

どんな色が燃え立ち、どんな息が舞うのか、
灰は尽きることなく音もなく降り積もり、
揺れる梢を掠め飛び去る影はどこか
遠くの空をめざす、群れを外れ、ひっそり。

気が遠くなるほどに空は沈み、あたかも
静寂の坩堝から流れ出してくるくる
黒と白は輪舞し、不和をかこちながらも、
真の姿を透かす陰翳に帰一する。

幻影を求めても、時の歩みも重く、
空の裳裾に巻かれ希望の息吹は死に、

追えばいつも地平は靄を撒いて退く、
はるかな胸騒ぎと古い予感のうちに。

99

小暗い追憶の谷

雷が轟いた――天を裂き
唸り　逆巻き　凶暴さに満ち
雪崩れて　万物を飲み込む滝！
おお　揺らぎ　慟哭する大地！

やがて……照り映える空間の中
すべてが沈む　忘却の底へ。
長い静寂の後、どこからか
銀鈴を打ち鳴らし　丘を越え

馴鹿が駆ける、銀嶺を縫う。
――広がり出した底なしの虚空。
冷たく浮かび出る一つの星。

女王の橇は滑り去ってゆく、
小暗い追憶の谷に　低く
かすかな余韻を　はるかに残し……

100　果てしない雪

白衣をまとう野をおおい
凍る木立をつつむ霧
やさしい歌はもう遠い
かすむ谷間に消えたきり

霧は流れて闇深い
ゆくてに浮かぶ黒い面
二度と瞳は開かない
地にくずおれて呼ぼうとも

待つことをやめただ歩く
心に暗い雪明かり
足跡を埋め身に寒く
重い嘆きが降るばかり

風にふるえて影が泣く
はてなく雪のふる夜でも
道づれもなくあてもなく
ゆこうと思うどこまでも

星屑《ほしくず》の暗渠《あんきょ》

2024年2月1日　初版発行

著者　金澤　哲夫
発行・発売　株式会社三省堂書店／創英社
〒101-0051　東京都千代田区神田神保町1-1
Tel：03-3291-2295　Fax：03-3292-7687
制作　プロスパー企画
印刷／製本　藤原印刷

ISBN978-4-87923-234-2　C0092